"Lilly la perrita es muy linda y yo quiero
que la doctora Kitty Cat y Cacahuate
en verdad la ayuden a estar bien."
Aoife, 6 años

"Me gustan las imágenes porque los
animales son de verdad aunque todo
lo demás está dibujado."
Lydia, 7 años

Nota de la autora:
Jane dice...

"Un día, Amber mi perra tenía una
mancha rosa en un costado y se
veía muy, pero muy molesta.
Yo me espanté, igual que
cacahuate, el pequeño
ratón de esta historia,
porque creía que estaba
muy mal herida,
pero resultó que
era un pedazo
de goma de
mascar que se
le había pegado
al pelo."

La doctora Kitty Cat y Cacahuate van en su gati-ambulancia siempre que tienen que ir al rescate. Es mitad ambulancia y mitad camioneta para acampar. También es en donde duermen los dos... ¿Pero en dónde? ¡Tendrás que leer esta historia para averiguarlo!

Para Amber y Zarzamora, los labradores — J.C.

Título original: *Dr. Kitty Cat is ready to rescue, Posy the Puppy*
Editor original: Oxford University Press

Doctora Kitty Cat al rescate, Lilly la perrita
ISBN: 978-607-7481-30-0
1ª edición: mayo de 2018

Ediciones Urano México, S. A. de C. V.
Av. Insurgentes Sur 1722, piso 3, Col. Florida,
Ciudad de México, C. P. 01030, México.
www.uranitolibros.com
uranitomexico@edicionesurano.com

Diseño Gráfico de cubierta: Richard Byrne.
Fotografías de cubierta: Tony Campbell, Kuttelvaserova Stuchelova,
Bartkowski/Shutterstock.com
Diseño gráfico de interiores: Dynamo.
Fotografías de animales: Shutterstock.
Agradecimiento a Christopher Tancock por la asesoría de primeros auxilios.

Impreso en Litográfica Ingramex S. A. de C. V.
Centeno 162-1, Col. Granjas Esmeralda,
Ciudad de México, C. P. 09810, México.
Impreso en México – *Printed in Mexico*

¡al rescate!

Lilly la Perrita

Jane Clarke

Uranito

URANITO EDITORES
ARGENTINA - CHILE - COLOMBIA - ESPAÑA
ESTADOS UNIDOS - MÉXICO - PERÚ - URUGUAY - VENEZUELA

Capítulo Uno

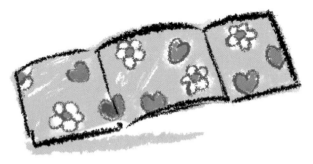

"¡Eek!" rechinó Cacahuate. "¡No puedo encontrar el yeso —y la oreja de Trébol está sangrando!"

"No tengas miedo, Cacahuate," maulló con calma la Doctora Kitty Cat. Estiró una pata y le pasó una caja de yeso del armario."

Cacahuate volteó hacia el pequeño conejito que era el siguiente paciente que

esperaba para ver a la doctora Kitty Cat. Trébol lloraba desconsolado y tenía una de las patitas sobre su suave y peluda oreja.

"¿Qué te pasó, Trébol?" le preguntó Cacahuate.

Una lagrima grande y gorda rodó por la esponjada mejilla del conejito.

"Mi oreja se atoró en un arbusto de zarzamoras", gimió Trébol. Cacahuate abrió la libreta de 'Primeros auxilios peludos' y anotó algo.

"Tranquilo, Trébol," maulló la doctora Kitty Cat para calmarlo mientras lavaba y secaba sus patitas.

"Ahora, déjame verte." Trébol se llevó las dos patas a su oreja y lloró todavía más fuerte.

"La doctora Kitty Cat tiene que ver tu orejita lastimada," le dijo cariñosamente Cacahuate, "para poder curarla."

Con mucho cuidado, Trébol quitó las patas de su oreja. Cacahuate le pasó un pañuelo y le ayudó a secarse las lágrimas.

La doctora Kitty Cat examinó con mucho cuidado el raspón que tenía el conejo en su oreja.  "La cortada no es muy profunda," murmuró. "Sanará rápidamente. Pero primero tenemos que limpiarla."

"Ya sé exactamente lo que necesitamos. Una bandeja de agua caliente, jabón y bolitas limpias de algodón." Cacahuate corría por la clínica recolectando todo lo que necesitaba.

"Gracias, Cacahuate," sonrió la doctora Kitty Cat. "Eres un asistente perrrr-fecto!"

Cacahuate sonreía felizmente entre sus bigotes mientras veía cómo la doctora

Kitty Cat curaba la cortada de la oreja de Trébol.

La doctora Kitty Cat trabajó con calma y empeño. Chorreaba agua limpia sobre la herida y luego quitaba con mucho cuidado la mugre con una esponja para que no estuviera cerca de la cortada y usaba una bola limpia de algodón cada vez.

"Eres un conejito muy valiente", le
dijo a Trébol mientras le secaba la oreja.

Cacahuate se llevó el recipiente
y los algodones sucios.

"Ya casi acabamos", anunció
la doctora Kitty Cat. "Es momento
de ponerle una venda limpia."

Cacahuate le enseñó al conejo
la caja de venditas. "¿Cuál te gusta?" le
preguntó.

"¡Esa!" Trébol señaló una vendita
grande de forma cuadrada y decorada
con estrellas.

"Trata de no tocarla," le dijo la
doctora Kitty Cat a Trébol mientras le
ponía la vendita con cuidado. "Tu oreja
sanará sola en unos días."

"¡Me siento mucho mejor!" anunció
Trébol y dio un saltito de conejo.

"Qué bien," rechinó Cacahuate.
"¡Te ganaste una calcomanía especial
de premio!"

El ratón le dio a Trébol una calcomanía redonda que decía: '¡Fui un paciente perrrr-fecto de la doctora Kitty Cat!'

¡Fui un paciente perrrr-fecto de la doctora Kitty Cat!

El pequeño conejo la pegó en su traje y resplandeció de orgullo.

"Cuídate mucho," le dijeron Cacahuate y la doctora Kitty Cat cuando el pequeño conejo salió saltando de la clínica con su colita de algodón rebotando tras él.

Cacahuate asomó la cabeza detrás de la puerta.

"Todavía hay una larga fila de pequeños animales que esperan verte," le dijo a la doctora Kitty Cat. "Todos tienen golpes, raspones y moretones."

La doctora Kitty Cat estaba asombrada. "¿Por qué habrá tantas lesiones el día de hoy?" preguntó.

"Mañana es la competencia deportiva 'Premios y Patitas'," le recordó Cacahuate "y algunos de ellos han estado entrenando muy duro."

"¡Claro!" exclamó la doctora Kitty Cat. "Lilly nos contó todo ayer cuando vino para su revisión de cachorra. Espera ganar un premio." La doctora Kitty Cat soltó una risita. "Estaba tan emocionada que daba vueltas y vueltas por toda la clínica."

"Lilly es la perrita más animada que he visto," aseguró Cacahuate. "Me sorprendió que lograras hacerle su revisión de buena salud. Yo no pude hacer que se quedara quieta."

Abrió la puerta de la clínica de la doctora Kitty Cat. "Pasa, Canela," le dijo al pequeño conejillo de indias. "Es tu turno…"

El pequeño conejillo de indias entró cojeando.

"¿Qué te pasó?" preguntó
Cacahuate.

"¡Me lastimé el tobillo!" chilló el
conejillo de indias.

"Tranquilo, Canela…" maulló
cariñosamente la doctora Kitty Cat.

Al fin todos los pacientes habían sido revisados.

"¡Qué día más ocupado!" rechinó Cacahuate. "Tengo que anotar muchas cosas antes de irnos." Sacó la libreta de 'Primeros auxilios peludos' y la puso sobre el escritorio.

"Yo voy a empezar con mi tejido." dijo la doctora Kitty Cat. "Encontré un patrón para un sombrerito encantadorrrrr."

¡Ay no! pensó Cacahuate. Por favor que no vaya a ser para mí. Ya tenía muchas cosas que la doctora Kitty Cat había tejido para él y no estaba muy seguro de que ninguna de ellas fuera realmente de su agrado.

La doctora Kitty Cat buscó dentro de su floreado bolso de doctor. "Que extraño," maulló. "Mi bolso no estaba bien cerrado —y no encuentro mi bola de estambre. Sé que la había puesto allí."

"Tal vez salió rodando y se perdió," dijo Cacahuate con esperanza al mismo tiempo que la doctora Kitty Cat buscaba con cuidado dentro de su bolso. "Tijeras, jeringa, medicinas, pomadas, bolsas de gelfrío, gel para limpiar las patas y toallas

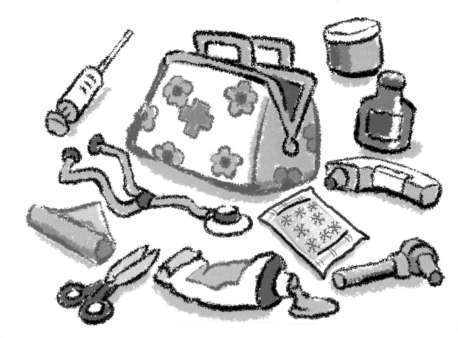

húmedas," murmuró. "Estetoscopio, oftalmoscopio, termómetro, pinzas, vendas, gasa, venditas y calcomanías de premio. Todo está donde debe estar, salvo mi bola de estambre…"

El teléfono que estaba en el escritorio de Cacahuate comenzó a sonar. Cacahuate levantó la bocina.

"Clínica de la doctora Kitty Cat. ¿Cómo podemos ayudarte?" preguntó Cacahuate mientras daba vueltas al cordón del teléfono para que quedara bien enrollado alrededor de su pata.

¡Brring! ¡Brring!

"Un momento…"

Cacahuate sacudió su pata para liberarla del cordón y tapó con ella la bocina. "Hubo un accidente en el campo de deportes," rechinó Cacahuate. "¡Lilly se quedó atorada dentro de uno de los túneles de la pista de agilidad y creen que está herida!"

"¿Está lista la gati-ambulancia?" La doctora Kitty Cat saltó y se pudo de pie. Cacahuate asintió y le pasó la bocina para que tomara la llamada.

"Es una lástima," murmuró Cacahuate. "Lilly en verdad quería participar en la competencia deportiva."

La doctora Kitty Cat tomó el teléfono. "Mantengan a Lilly quieta y tranquila," les pidió. "¡Llegaremos en un maullido!"

Capítulo Dos

"¡No olvides tu bolso!" Cacahuate cerró el florido bolso de doctor y lo lanzó a las patas de la doctora Kitty Cat mientras corrían hacia la puerta.

La gati-ambulancia estaba estacionada afuera de la clínica y se veía amistosa y alegre, pensó Cacahuate, gracias a las brillantes flores que él mismo le había pintado.

Saltó al asiento del pasajero, cuidadosamente guardó su colita y cerró la puerta. Se puso el cinturón de seguridad y luego lanzó su pata contra el botón que estaba en el tablero para encender la luz que estaba en el techo.

"¿Listos para ir al rescate?" rechinó, hablando fuerte para que su voz se escuchara encima de la sirena.

La doctora Kitty Cat azotó su puerta, revisó los espejos y quitó el freno de mano. "¡Al recate!" maulló.

¡Nee-nah! ¡Nee-nah! ¡Nee-nah!

La gati-ambulancia iba a toda velocidad por Pueblito alegre. Cacahuate se agarró con fuerza de su cinturón mientras pasaban rebotando por el puente de madera. La doctora Kitty Cat conducía tan de prisa que hacía que su colita rebotara de arriba a abajo y que sus bigotes temblaran y se sacudieran.

"¡Eek!" rechinó cuando dieron vuelta por la curva de La curva del estanque.

La doctora Kitty Cat se sostenía con fuerza del gran volante. "No temas, Cacahuate," maulló y pisó el acelerador con su pata. La gati-ambulancia se sacudió y sonó ya que iban cada vez más rápido.

"Ya casi llegamos."

Cacahuate cerró los ojos. Los frenos crujieron con fuerza cuando la doctora

Kitty Cat estacionó la gati-ambulancia junto al campo deportivo.

Cacahuate brincó afuera. En la esquina opuesta del campo estaba la pista de agilidad con un sube y baja, una red para escalar, una barra de equilibrio y un salto de altura. Una cuantos animales estaban reunidos alrededor del túnel de agilidad. La doctora Kitty Cat tomó su florido bolso de doctor y corrió hacia el lugar. Cacahuate corrió detrás de ella. Mientras se acercaban se escuchaba un fuerte quejido que salía de adentro del estrecho túnel.

¡Eew, eew, eew!

Cacahuate y la doctora Kitty Cat se asomaron por la salida opuesta del túnel.

"No puedo ver nada", exclamó
Cacahuate. "¿Estará allí dentro Lilly?"
preguntó al grupo de pequeños animales.

Almendra, el pequeño búho
sacudió sus plumas.

"Sí" ululó. "¡Lilly se atoró en la
curva a la mitad y no puede salir!"

Cacahuate corrió hacia la curva del
túnel y apretó sus bigotes contra la tela.

"No te preocupes, Lilly," rechinó. "La doctora Kitty Cat está aquí. ¿Cómo te sientes?"

Adentro del túnel pudo ir a Lilly respirar profundamente.

"¡Auch!" aulló. "¡Me duele!"

"¡Ooohh!" exclamó el pequeño grupo de animalitos que estaban allí reunidos.

La doctora Kitty Cat se apresuró hacia el lugar en el que estaba Cacahuate. "Lilly," maulló. "¿Puedes decirme en dónde te duele?"

Hubo una pausa y luego muchas respiraciones ruidosas de cachorro.

"Es… en mi pierna," se quejó Lilly. La doctora Kitty Cat levantó las orejas.

"Lilly debe quedarse justo en donde está hasta que averigüemos qué tiene en la pierna," se susurró a Cacahuate. "Pero no creo que haya espacio suficiente para que yo pueda examinarla adentro del túnel."

"Yo entraré y la tranquilizaré mientras los dos pensamos cuál es la mejor forma de tratarla y de sacarla de allí," sugirió Cacahuate.

"Buena idea," dijo la doctora Kitty Cat. "Llévate una bolsa de gel frío." Abrió su bolso floreado de doctor.

"¡Oooh!" La multitud de curiosos se empujaban para poder ver mejor.

Cacahuate se metió al túnel. Había muy poca luz de sol a través de la gruesa tela y casi no podía ver la bolita temblorosa de pelaje dorado. La esponjosa perrita estaba hecha bolita en oscuridad.

"Ya estoy aquí, Lilly," murmuró. Una nariz de humedad y suave se asomó entre la peluda bola. "¡Auch!" aulló.

"Lilly," maulló la doctora Kitty Cat desde afuera del túnel, "¿Cómo te lastimaste?"

Cacahuate miró a Lilly. Ella sacudió la cabeza.

"No lo sabe," rechinó Cacahuate. "Tal vez sus amigos lo sepan."

"¿Alguno de ustedes vio lo que pasó?" les preguntó la doctora Kitty Cat. "¿Lilly se cayó del sube y baja o de la barra de equilibrio?" Hubo un momento de silencio. "No," ululó Almendra. "Yo estuve mirando todo el tiempo y no la vi caer. Solo empezó a cojear y a decir que no iba a poder competir mañana en 'Premios y Patitas'.

"Así es," aulló Cebollín el zorro.

"¡Es verdad!" gritaron a coro los demás animales.

"¿Qué tanto estaba cojeando?" preguntó la doctora Kitty Cat. "¿Apoyó mucho su patita lastimada?"

"Sí podía caminar un poco," aulló Cebollín. Cacahuate pudo ver la sombra de la cabecita de Almendra que se movía de arriba a abajo para afirmar.

"Bien," maulló la doctora Kitty Cat. "No parece que Lilly se haya roto la pierna."

"¿Qué pierna es?" le preguntó Cacahuate a Lilly.

"Esta… es esta," gimió la perrita mientras estiraba una de sus patas traseras. "No, quiero decir esta." Se sobó una de sus patas delanteras.

"¡Auch!" aulló.

"Lilly puede mover su patita," reportó Cacahuate, "pero parece que le duele en la articulación."

"Puede ser que se la torció. Eso es muy doloroso. Pon la bolsa de gel frío sobre su pata," le pidió la doctora Kitty Cat. Cacahuate agitó y apretó la bolsa para hacerla funcionar. "Esto te va a ayudar," le dijo a Lilly. La punta de la colita de Lilly se movió un poco.

"Lo estás haciendo muy bien," le dijo Cacahuate para calmarla mientras sostenía la bolsa sobre la pierna de Lilly.

Afuera del túnel podía oír el escándalo.

"Lo morderé para abrirlo," sugirió Cebollín. "Te romperás los dientes," ululó Almendra. "Yo lo picotearé hasta romperlo."

"Te romperás el pico," aulló Cebollín.

"Yo lo rasgaré con mis garras," rechinó una vocecita que Cacahuate reconoció rápidamente como la de Calabacín, el hámster.

"¡Te romperás las garras!" dijeron al mismo tiempo Almendra y Cebollín.

"Tengo una mejor idea," maulló la doctora Kitty Cat. Cacahuate vio cómo se

acercaba su sombra a través de la tela del
túnel. Podía distinguir cómo abría su bolso
de flores y sacaba algo. Sacó lo que parecía
ser la sombre de unas enormes tijeras.

¡Auuu!

Un murmullo de emoción recorrió
al grupo de pequeños animales que
estaba viendo lo que ocurría.

¡Aooo!

¡Ohhh!

"Sacó sus tijeras
especiales, rechinó
Cacahuate con
alegría. "Es
'Operación Lilly'"

¡Auuu!
aulló la asustada
cachorra.

Capítulo Tres

"¡No te preocupes, Lilly, no me refería a
que te iba a operar a ti! dijo Cacahuate.
Sus tijeras especiales de uso rudo son para
ayudarla a llegar hasta donde están sus
pacientes." Miraba las paredes de tela del
túnel. Podía ver la sombra de la Doctora
Kitty Cat que sostenía sus tijeras. "Lilly y
Cacahuate, voy a empezar por la parte de

abajo y cortaré por la costura," les avisó la
doctora Kitty Cat. "¿Listos?"

Cacahuate miró a Lilly. Asintió
lentamente.

"Eres muy valiente", murmuró.
"¡Estamos listos! rechinó. La doctora
Kitty Cat empezó a cortar despacio
a lo largo de la tela.

"¿Alguien de ustedes sabe qué
pata se lastimó Lilly?" preguntó la
doctora Kitty Cat.

"La de enfrente," rechinó
Calabacín.

"No, fue la de atrás," dijo Almendra.

"Yo definitivamente la vi cojear
de la pata de enfrente cuando pasó por la
barra de equilibrio," repitió Calabacín.

Almendra sacudió sus plumas.
"Lilly definitivamente cojeaba de su pata
trasera cuando pasó al sube y baja" le dijo
a la doctora Kitty Cat.

"Qué raro," murmuró la doctora Kitty Cat al mismo tiempo que cortaba las costuras del túnel de tela. Muy raro pensó Cacahuate.

Adentro del túnel, Lilly respiraba con incomodidad. "¡Auch!" se quejaba.

"Pronto estarás fuera," la consolaba Cacahuate. "Trata de quedarte quieta solo un poco más…"

Afuera del túnel escuchó que la doctora Kitty Cat hacía más preguntas.

"¿Alguien más pudo ver que Posa tuviera algo extraño?" maulló.

"¡Yo!" graznó una patita.

"¡Esa es Rosy, mi mejor amiga!" aulló Lilly. Alzó las orejas para escuchar lo que le decía Rosy a la doctora Kitty Cat.

"Lilly se sentía mal cuando estaba en la línea de salida," graznó Rosy. "Yo vi que se quejaba."

"Entonces, ¿Lilly empezó a quejarse desde antes de cojear?" maulló la doctora Kitty Cat.

"Eso creo," graznó Rosy.

"Además arrancó muy despacio. Siempre es muy veloz."

"Ayer me dijo que era tan rápida que podía ganar una medalla," murmuró la doctora Kitty Cat. "Algo debió salir mal antes de la salida…"

Lilly se movía muy inquieta. Cacahuate le acarició la pata. "Trata de quedarte quieta," rechinó.

"Pobre Lilly," ululó Almendra. "En verdad quiere ganar una medalla mañana en 'Premios y Patitas', pero no creo que pueda…"

"Eew, eew, eew," se quejó Lilly.

"¡Llegaré en un maullido, Lilly!" La doctora Kitty Cat hizo el último corte con sus tijeras y quitó la tela. Cacahuate parpadeó porque la luz del sol lo había deslumbrado.

Lilly enderezó la cabeza y estiro su hocico al aire.

"¡Auch!" gruñó.

"Muy pronto te vamos a curar, Lilly," maulló suavemente la doctora Kitty Cat. Guardó de nuevo sus tijeras de uso rudo en su floreado bolso de doctor y lo cerró, luego volteó a ver a los amigos de Lilly.

"Rosy, Cebollín, Calabacín y Almendra… muchas gracias, han sido de gran ayuda," les dijo. "Pero ahora necesito que se hagan un poco hacia atrás y nos den espacio para curar a Lilly."

Los animalitos se hicieron
un poco hacia atrás.

"Lilly," maulló la doctora Kitty Cat,
"necesito ver bien para saber qué es lo
que tienes y curarte. ¿Estás lista?"

Lilly movió lentamente la cabeza.

"Es un poco misterioso," le susurró la doctora Kitty Cat a Cacahuate, "pero lo averiguaremos."

Cacahuate estuvo de acuerdo. "¡Algunas veces ser doctor es casi igual que ser detective!" rechinó mientras quitaba con cuidado la bolsa de gel frío de la pata de la pobre perrita.

Capítulo Cuatro

"Eres una perrita muy valiente," ronroneó la doctora Kitty Cat al mismo tiempo que le examinaba cuidadosamente la pata a Lilly.

"Su pata no se ve inflamada," comentó Cacahuate.

La doctora Kitty Cat puso cariñosamente su pata peluda sobre la pierna de Lilly. "Tampoco se siente caliente o abultada," afirmó.

"¿Puedes mover los dedos, Lilly?"
Lilly movió todos sus deditos.

"Eso está muy bien," dijo sonriendo
la doctora Kitty Cat.

Lilly levantó la cabeza lentamente. "Me duele," se quejó.

"Tranquila, Lilly," murmuró Cacahuate. "La doctora Kitty Cat para a descubrir cuál es el problema."

La doctora Kitty Cat afirmó y tomó la pata de Lilly. Agachó la cabeza para estar a la altura de Cacahuate.

Tenemos que revisar para ver si Lilly tiene algún otro síntoma que nos preocupe," le susurró a Cacahuate. "Puede estar sufriendo un shock."

"Los primeros signos de un shock son el pulso acelerado y la piel fría," rechinó Cacahuate muy bajito al oído peludo de la doctora Kitty Cat.

"Y Lilly está temblando un poco…"

La doctora Kitty Cat afirmó.

"Voy a revisar tu ritmo cardiaco," le dijo a Lilly mientras sostenía su pata en donde se siente el pulso en su muñeca.

"¡Eso está muy bien, Lilly!
La doctora Kitty Cat ronroneo tranquila-mente. "Tu corazón late regularmente y con fuerza. No estás en shock."

Cacahuate suspiró de alivio. "¡Tal vez estaba temblando por la bolsa de gel frío!" rechinó.

"Ahora voy a revisar tu respiración," le dijo la doctora Kitty Cat a Lilly. Cacahuate, por favor pásame mi estetoscopio."

Cacahuate lo sacó del bolso con mucho cuidado. La doctora Kitty Cat siempre se aseguraba de tener a la mano su estetoscopio y muchas veces lo usaba para revisar los pulmones de sus pacientes.

La doctora Kitty Cat se lo puso en los oídos y colocó el disco sobre el pecho de Lilly.

"Se escucha todo bien," le dijo a Lilly. "Tu respiración es normal. No es muy profunda ni tampoco superficial, no se oyen ruidos extraños…"

Le dijo a Cacahuate, "todos los signos vitales de Lilly están bien. Ella está sana. Solo necesito revisar una cosa más antes de que la dejemos moverse. Quiero ver muy bien sus ojos para asegurarme de que no se vaya a marear. Pásame el oftalmoscopio, Cacahuate."

Cacahuate sacó algo que tenía el tamaño y la forma de una antorcha pequeña.

Este es un instrumento especial de doctor para revisar los ojos," le explicó la doctora Kitty Cat a Lilly mientras se lo acercaba a los ojos llenos de lagrimas.

"Eso está perfecto, Lilly," le dijo. "¡Buen trabajo! Pasaste todas las pruebas y ahora ya puedes sentarte si te sientes mejor."

La perrita poco a poco se sentó. "Sus orejas se cayeron de pronto. "¡Eew, eew, eew! aulló.

"Todo esto es muy extraño," dijo pensativa la doctora Kitty Cat. Apretó su cola rayada. "No encuentro nada malo

en la pata de Lilly," le dijo a Cacahuate.
"Pero sigue quejándose…"

"Y ya dejó de mover su colita,"
rechinó Cacahuate al ver a la triste perrita.
"Me pregunto si nos estará diciendo la
verdad sobre su pierna…" murmuró.

La doctora
Kitty Cat paró las
orejas y pestañó
con sus brillantes
ojos.

"Estamos un poco sorprendidos, Lilly," maulló la doctora Kitty Cat. "¿Te duele en algún otro lugar?"

Lilly alzó su hocico hacia el cielo.

"¡Auch!" aulló. "¡Aquí!"

Y empezó a sobar su panza con su patita.

"Eres una buena perrita, gracias por decirnos," dijo la doctora Kitty Cat. Volteó hacia Cacahuate. "¿En tus notas hay algo sobre un dolor de panza que haya tenido Lilly?" le preguntó.

Cacahuate buscó en la libreta de 'Primeros auxilios peludos'. Leyó a toda prisa las secciones que decían algo de Lilly.

"No dice nada acerca de un dolor de panza," murmuró. "Y sabemos que estaba sana y alegre ayer cuando fue a vernos a la clínica."

"Así es," maulló la doctora Kitty Cat. "Corría alegremente por todas partes, tiró mi bolso y hasta dejó unas marcas de mordidas en las patas de la mesa con sus filosos dientes de cachorro."

"¡Marcas de mordidas!" exclamó
Cacahuate. "¡Por supuesto!" a
los cachorros les encanta morder.
Debe ser algo que comió. ¡Lilly!
¿Te tragaste o masticaste algo que
no debías? rechinó.

Lilly bajó la cabeza y miró al suelo.

"Puedes decirnos," le dijo
Cacahuate como animándola. "No nos
vamos a enojar."

Lilly dio un gran suspiro. "En
realidad no me duele ninguna pata,"
confesó. "Y siento mucho por no
decirles la verdad… pero no quería
meterme en problemas."

Cacahuate y la doctora Kitty Cat
voltearon a verse uno al otro.

"Prometemos que no te meterás
en problemas," la tranquilizó Cacahuate.
"Es muy importante que nos digas qué
hiciste que te hizo sentir tan mal."

"Yo… tiré el bolso de la Doctora
Kitty Cat al piso," les dijo Lilly.

"¿Pero eso no te hizo sentir mal, o sí?" preguntó Cacahuate asombrado.

"No… pero después me comí algo," gruñó Lilly. Solo fueron unas mordidas… pero ahora me siento muy mal como para competir en 'Premios y Patitas'. La perrita dio un gran suspiro.

"Que te comiste, Lilly?" le preguntó Cacahuate.

Las orejas de Lilly cayeron tan abajo que se arrastraron en el piso. "Me comí algo que salió rodando del bolso de flores de la doctora Kitty Cat," dijo con un quejido.

¡Eek! exclamó Cacahuate. "¿Qué pasa si se comió algunas de tus medicinas, doctora Kitty Cat? ¡Eso es muy peligroso!

¡Podría estar envenenada! ¡Debí haber
guardado tu bolso bajo llave!"

"No temas, Cacahuate," dijo
tranquilamente la doctora Kitty Cat.
"Todas las píldoras están guardadas en
contenedores a prueba de cachorros y
no falta ninguna de las medicinas."
Luego volteó hacia la pequeña perrita.

"No estamos molestos contigo, Lilly. Pero necesitamos saber qué fue lo que rodó fuera de mi bolso, que fue a lo que le diste unas mordidas."

"Fue un poco más de unas mordidas," resopló Lilly.

"Está bien," ronroneó la doctora Kitty Cat, "puedes decirme."

"Yo... ¡mastiqué una de tus cosas!" Lilly alzó la cabeza y miró a los ojos a la doctora Kitty Cat. "Traté de escupirlo, pero no pude —y tampoco me lo pude tragar. Desde allí no he podido comer nada y tengo mucha hambre..."

"El dolor de hambre puede ser muy fuerte," dijo comprensivamente Cacahuate. "Eso podría explicar por qué te duele la panza."

"Tenemos que ver por qué no puedes tragar," maulló la doctora Kitty Cat. "Tendré que revisar tu garganta, Lilly, abre la boca muy grande…"

Lilly abrió su hocico para dejar ver dos filas de dientes pequeños y puntiagudos y una lengua grande y rosa.

"Tendré que empujar tu lengua hacia abajo para poder ver bien," murmuró la doctora Kitty Cat.

Cacahuate le pasó un abate lenguas y la doctora Kitty Cat lo presionó con cuidado en la lengua de Lilly.

"Lilly tiene algo atorado en la garganta…" Dijo lentamente la doctora Kitty Cat. "Mira, Cacahuate."

"El ratoncito miró adentro de la boca de Lilly. "¡Lo veo!" rechinó Cacahuate emocionado. "¡Ya vi qué es lo que pasa!"

Capítulo Cinco

Al fondo de la garganta de Lilly, Cacahuate podía ver una cosa pequeña, que parecía una cuerda enrollada o algo con hilos.

"¡Es tu madeja de estambre! rechinó Cacahuate.

"¡Así es que allí es en donde estaba! maulló la doctora Kitty Cat. "Ahora ya sabemos qué pasa. Tienes estambre atorado en la garganta," le dijo a Lilly. "Con razón te sentías tan mal. ¿Podrías toser muy, pero muy fuerte?"

¡Ak… aak… aaak! Tosió Lilly. Y la madeja de estambre llena de saliva cayó al piso

"¡Muy bien hecho!" exclamaron a la vez la doctora Kitty Cat y Cacahuate.

¡Woof!" Lilly saltó y se puso de pie moviendo fuerte la colita.

Sus amigos llegaron corriendo. "¡Sí!" gritaban de alegría.

"Lilly ya se siente mucho mejor," dijo Cacahuate.

"Va a estar muy bien. Solo
necesitamos vigilarla un poco. Irá con
ustedes un poco más tarde."

"¡Adiós, Lilly!" graznó Rosy.
"¡Que te mejores!"

Cacahuate las llevó hacia la
gati-ambulancia.

"Nunca la he visto por dentro,"
ladró Lilly emocionada.

"¡Te va a encantar!" dijo Cacahuate.
"¡A nosotros nos encanta!"

El ratoncito abrió la puerta
corrediza.

"¡Wow!" ladró Lilly. "¡Tiene cortinas
de flores y cojines y todo!"

Cacahuate recostó a Lilly en el asiento que estaba junto a la mesa. La tapó con una manta. En un momento, los ronquidos de la perrita se escuchaban por toda la camioneta.

"Me siento mucho mejor," dijo Lilly con un bostezo cuando despertó de su siesta. "debo regresar a casa antes de que alguien se preocupe."

"Recuerda que debes tener cuidado con lo que masticas y tragas," le dijo Cacahuate mientras abría la puerta.

"Lo haré," prometió Lilly. Se detuvo un momento en la puerta. "¿Puedo competir en 'Premios y Patitas mañana, verdad?"

"¡Claro que sí!" dijeron juntos la doctora Kitty Cat y Cacahuate.

Lilly saltó de alegría. Luego, de pronto, su cola y sus orejas cayeron de nuevo.

"No te sientes mal otra vez, ¿o sí?" preguntó Cacahuate preocupado.

"El túnel," murmuró Lilly. "Está arruinado por mi culpa. No puede haber una competencia de agilidad sin un túnel. ¡Eché a perder el día completo!"

"Ya había pensado en eso," dijo Cacahuate. "¡No es nada que un ratón con un hilo y una aguja no pueda componer! Tengo uno de emergencia en la gati-ambulancia.

"¡Sí!" Lilly saltaba de alegría de arriba a abajo y agitaba su colita.

"¿Vendrán a verme mañana?" Preguntó. "¿Por favooor?"

"Sí" rió la doctora Kitty Cat. "¡Vendremos de todas formas porque vamos a encargarnos de los primeros auxilios!"

"De hecho, podríamos quedarnos aquí esta noche."

Los ojos de Lilly se abrieron mucho mientras veía la gati-ambulancia por todas partes. "Pero, ¿en donde duermen?" preguntó. "No veo ningunas camas."

"La mesa se dobla y luego estas bancas se convierten en una cama para la doctora Kitty Cat," le explicó Cacahuate. "Y yo tengo mi propio cuarto aquí." Y se subió a una pequeña cabina construida en el techo y saludó a Lilly desde allí. Tengo mi propia cama, mi escritorio, mi silla y todo."

"¡Qué bien! Gracias por enseñarme" ladró Lilly y luego se despidió. "Me gustaría vivir en una gati-ambulancia."

Capítulo Seis

Llegó la mañana de 'Premios y Patitas'
y Cacahuate se despertó temprano para
reparar el túnel de agilidad.

"Quedó como nuevo," dijo la
doctora Kitty Cat mientras admiraba la
hilera de pequeñas puntadas sobre la tela.
"Serías un excelente cirujano, Cacahuate."

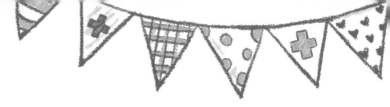

La cola de Cacahuate se retorció
un poco de gusto cuando guardaba
su aguja y su hilo. "Es mejor que
nos quitemos de aquí," rechinó. "La
competencia está a punto de empezar."

La doctora Kitty Cat y Cacahuate
regresaron a la gati-ambulancia.
Cacahuate puso el letrero de 'Primeros
auxilios peludos' y la doctora Kitty Cat
puso al lado su floreado bolso de doctor.
Cada uno agarró una silla plegable
de adentro de la gati-ambulancia.

"Es un día hermoso y soleado,"
suspiró la doctora Kitty Cat, "y todavía
nadie ha necesitado primeros auxilios."
Luego le guiñó a Cacahuate y dijo,
hubiera sido el momento ideal para

tejer un poco, si no fuera porque mi estambre está tan mojado."

Cacahuate tomó su pluma, abrió su libreta de 'Primeros auxilios peludos' y empezó a escribir las notas sobre Lilly. "Adivinaste muy bien lo que le pasaba a Lilly," le dijo a la doctora Kitty Cat. "Era un caso muy difícil."

"Muy complicado," estuvo de acuerdo la doctora Kitty Cat. "No podría haberlo hecho sin tu ayuda, Cacahuate."

Cacahuate sonrió con una sonrisa tan grande que sus bigotes se sacudieron.

Justo en ese momento, una gran porra se escuchó por el campo deportivo. Cacahuate y la doctora Kitty Cat voltearon a ver.

"Lilly está a punto de empezar la competencia de agilidad," dijo la doctora Kitty Cat con una sonrisa.

"Casi no me atrevo a ver," rechinó Cacahuate mientras Lilly pasaba de puntitas por la barra de equilibrio, corría arriba y abajo del sube y baja y pasaba a toda velocidad por los obstáculos. Pasó por el túnel reparado y saltó muy alto en el salto de altura. Desde la distancia podían escuchar sus ladridos de alegría cuando cruzó la meta.

"¡Fiu!" Cacahuate volvió a sus apuntes. "No se lastimó y tuvo muy buen tiempo. Tal vez gane una medalla."

"Tendremos que esperar para ver," ronroneó la doctora Kitty Cat.

Media hora más tarde, el altavoz se encendió. "Felicidades a todos los participantes en la competencia de agilidad," anunció. "Los ganadores son… ¡Cebollín en tercer lugar! ¡En segundo lugar, Lilly! ¡Y en primer lugar, Canela! Invitamos a la doctora Kitty Cat y a Cacahuate a entregar las medallas."

"¡Esos somos nosotros!" Cacahuate cerró rápidamente la libreta y la doctora Kitty Cat se levantó y guardó su floreado bolso de doctor dentro de la gati-ambulancia. Luego se apresuraron para llegar al podio en donde los ganadores los esperaban. Lilly estaba parada orgullosamente, moviendo su colita con tanta rapidez que parecía una mancha borrosa.

Cacahuate le pasó las medallas a la doctora Kitty Cat y ésta se las entregó a los ganadores. Luego, cuando se iban del podio, Lilly corrió tras de ellos.

"¡Gracias!" ladró dando palmadas con sus patas a su medalla.

"Pude ganar esta medalla porque ustedes me curaron."

"¡Con mucho gusto, Lilly!"
maulló la doctora Kitty Cat.

"Espero poder ganar otra
medalla," le susurró Lilly a Cacahuate.

El altavoz sonó de nuevo.
"La siguiente competencia es la
carrera de costales," anunció.

"¡Hurra!" aulló Lilly saltando arriba
y abajo en sus cuatro patas.

La doctora Kitty
Cat y Cacahuate
se hicieron a un
lado para que
una multitud
de emocionados

cachorros y gatitos pudiera pasar
corriendo hacia la línea de salida y
meterse dentro de sus costales.

"¡En sus marcas… listos… fuera!"
gritó luna voz a través de las bocinas.

Hubo una erupción de chillidos,
aullidos y gruñidos mientras los

pequeños animalitos chocaban y
se tropezaban unos con otros.

"Doctora Kitty Cat y
Cacahuate, favor de venir al
puesto de primeros auxilios," dijo
la voz que salía de las bocinas.

"¡Oh!" rechinó Cacahuate.

Una larga fila de animales con pequeños golpes, moretones y raspones esperaba afuera de la gati-ambulancia.

"Queremos agradecer a la doctora Kitty Cat y a Cacahuate por ayudarnos hoy con los primeros auxilios," dijo el anunciante. "Hacen un gran equipo."

Cacahuate y la doctora Kitty Cat
se guiñaron uno al otro.

"Es verdad," maulló la doctora
Kitty Cat, mientras sacaba su floreado
bolso de doctor de la ambulancia y
lo ponía en el suelo junto a ella. "Por
favor pásame las venditas, Cacahuate."

Fin

¿Qué hay en el bolso de la Dra Kitty Cat?

Estas son solo algunas de las cosas que la doctora Kitty Cat siempre lleva en su floreado bolso de doctor.

Tijeras de uso rudo

Estas tijeras especiales son fuertes pero no muy filosas. La doctora Kitty Cat las usa para emergencias de primeros auxilios para cortar ropa u otros materiales sin lastimar a sus pacientes. También las usa para cortas vendas y yeso.

Estetoscopio

Con el estetoscopio, la doctora Kitty Cat puede escuchar los sonidos de adentro de los cuerpos de sus pacientes. A un lado del estetoscopio hay una punta en forma de "campana" redonda y otra más plana como "diafragma", y cada lado se usa para escuchar sonidos diferentes,

como los latidos del corazón y
el sonido de la respiración.

Bolsa de gel frío

La doctora Kitty Cat siempre
se asegura de tener
suficientes bolsas de gel
frío en su bolso. Solo usa
cada una vez, y la aprieta con
cuidado para que se enfríe
rápidamente para calmar golpes,
moretones, torceduras y desgarros.

Abate lenguas

¡Cacahuate piensa que
estos abate lenguas
parecen palitos de
paleta! Pero de hecho,
la doctora Kitty Cat usa estos palos
de madera planos, delgados y de puntas
redondeadas para apretar hacia abajo
las lenguas de sus pacientes y así
poder ver mejor dentro de sus bocas
y sus gargantas.

Si te gustó Lilly la Perrita, este es un resumen de otra de las aventuras de la doctora Kitty Cat:

La doctora Kitty Cat al rescate: Trébol el Conejo

Esta vez la doctora Kitty Cat ayuda a un conejo que se llama Trébol, cuyas patas se llenan de pequeñas manchas cuando va de campamento...

La doctora Kitty Cat, Canela, Calabacín y Cacahuate corrieron al escuchar los gritos de auxilio de Trébol. En el lado opuesto, había un montón de madera junto a la base del viejo tronco de un árbol.

"Se le cayeron sus leños," dijo Calabacín preocupado. "¡Seguro algo le pasó!"

"¡Aah!" gritó de nuevo Trébol. La doctora Kitty Cat paró bien las orejas. Cacahuate miró con atención a su alrededor, pero solo pudo ver sombras.

"¡Ya lo vi!" gritó la doctora Kitty Cat. Apuntó hacia un pequeño montón peludo hecho bola que podía verse entre algunos rayos de luz. Era Trébol temblando desde su bigotuda nariz hasta su colita de algodón.

"¡Aah!" gritaba Trébol. "¡Aaah!"

"La doctora Kitty Cat vino a rescatarte, Trébol," rechinó Cacahuate. "Todo va a estar bien."

¡Otros títulos de la colección que no te puedes perder!

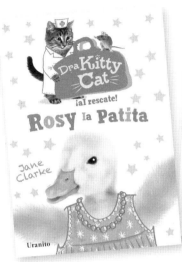

¡al rescate!
Rosy la Patita

Jane Clarke

Uranito

¡al rescate!
Daisy la Gatita

Jane Clarke

Uranito

¡al rescate!
Trébol el Conejo

Jane Clarke

Uranito

MAP 2 – VENICE

See Murano Map in
Things To See & Do Chapter

To Mestre (6km)

Isola di San Secondo

Ponte della Libertà

To Lido

Isola del Tronchetto

Tronchetto Car Parks

PalaFenice

Ferry to Lido

Canale di Tronchetto

Stazione Marittima (Merci)

Bacino della Stazione Marittima

Canale Scomenzera

Santa Marta

Canale

Sacca Fisola

Sacca San Biagio

Piscina Comunale A Chimisso

MAP 7

Isola della Giudecca

GIUDECCA

MAP 7

Canale della Grazia

Canale della Giudecca

Isola di San Giorgio Maggiore

MAP 5

Bacino di San Marco

Punta della Dogana

St Mark's Square

SAN MARCO

Ponte dell' Accademia

DORSODURO

Grand Canal

SAN POLO

Ponte di Rialto

Piazzale Roma

Stazione Marittima

Main Bus Station

Stazione di Santa Lucia (Ferrovia)

Giardini Papadopoli

Ponte dei Scalzi

Parco Savorgnan

SANTA CROCE

Grand Canal

CANNAREGIO

MAP 3

MAP 4

MAP 6

Sant'Alvise

Piscina Comunale di Sant'Alvise

Parco Groggia

Canale delle Sacche

Sacca della Misericordia

Fondamente Nuove

Canale delle

Nuove

CASTELLO

MAP 8

Chiesa di San Michele in Isola

Cimitero

Isola di San Michele

Cimitero

Nove

Canale dei Marani

Colonna da Mula

Canale delle

Isola di Murano

Canale

Bacino di Carenaggio

16th-Century Construction Sheds

Arsenale Vecchio

Darsena Grande

Arsenale

San Pietro

Isola di San Pietro

Sant'Elena

MAP 9

Giardini Pubblici

Parco delle Rimembranze

Darsena di Sant'Elena

Isola di Sant'Elena

Stadio Penzo

Chiesa di Sant'Elena

To Lido

Sant'Elena

Isola di San Servolo

Isola la Grazia

Canale di San Marco

N

0 250 500m
0 250 500yd

Venice
2nd edition – March 2002
First published – April 2000

Published by
Lonely Planet Publications Pty Ltd ABN 36 005 607 983
90 Maribyrnong St, Footscray, Victoria 3011, Australia

Lonely Planet Offices
Australia Locked Bag 1, Footscray, Victoria 3011
USA 150 Linden St, Oakland, CA 94607
UK 10a Spring Place, London NW5 3BH
France 1 rue du Dahomey, 75011 Paris

Photographs
All of the images in this guide are available for licensing from
Lonely Planet Images.
email: lpi@lonelyplanet.com.au
Web site: www.lonelyplanetimages.com

Front cover photograph
Gondolas moored along the Bacino di San Marco (Jon Davison)

ISBN 1 86450 321 1

text & maps © Lonely Planet Publications Pty Ltd 2002
photos © photographers as indicated 2002

Printed by The Bookmaker International Ltd
Printed in China

Contents – Text